BRUNO BRAZIL
DIE NEUEN ABENTEUER

Szenario
LF BOLLÉE

Zeichnungen
PHILIPPE AYMOND

Farben
DIDIER RAY

BLACK PROGRAM
TEIL 1

BASIEREND AUF DEN CHARAKTEREN VON
GREG & VANCE

Laurent-Frédéric Bollée, wegen seines langen Namens von allen nur LFB genannt, wurde am 9. Mai 1967 in Orléans geboren. Nach Abschluss seines Journalismus-Studiums an der Sorbonne spezialisierte er sich auf den Motorsport. Seit 1990 ist er den französischen Fernsehzuschauern vor allem als versierter Kommentator von Formel 1- und anderen Meisterschaftsrennen bekannt.

Seine zweite große Leidenschaft ist die Arbeit als Szenarist. Bereits mit 21 Jahren, noch während seines Studiums, schrieb er das Album »Les 13 Transgressions« der Serie *Le vagabond des Limbes*. Es folgten Kurzgeschichten für das Magazin (*À suivre*) und weitere Alben mit namhaften Künstlern. Bis heute hat er fast sechzig Comicalben in Frankreich geschrieben. Seine Begegnung mit Philippe Aymond, für den er kurz darauf die Serie *ApocalypseMania* schrieb, erwies sich als entscheidend. Aymond zeichnete und kolorierte die von 2001 bis 2010 laufende Science-Fiction-Serie im Alleingang, zuletzt parallel zu den jährlich erscheinenden *Lady S.* Alben. Der vorliegende *Bruno Brazil* Band ist die dritte Zusammenarbeit der beiden Künstler.

LF Bollée ist in allen Genres zu Hause, auf Deutsch liegen von ihm bisher der *XIII Mystery* Band über Billy Stockton, der Western *Deadline* und die Australien-Saga *Terra Australis* vor.

Am 3. Februar 1968 in Paris geboren, verspürte **Philippe Aymond** schon früh den festen Wunsch, Comiczeichner zu werden. Nach dem Abschluss eines Kunststudium auf Lehramt an der Universität von Paris bewarb er sich bei Jean-Claude Mézières, der gerade ein Team von jungen Künstlern zusammenstellte, um es, zusammen mit Pierre Christin, an der vierteiligen Albenserie *Canal Choc* auszubilden. Zwischen Pierre Christin und Philippe Aymond verlief diese Zusammenarbeit so harmonisch, dass der bekannte *Valerian*-Szenarist noch sechs weitere Alben für den Newcomer textete.

ApocalypseMania wurde ein weiterer Meilenstein in Aymonds Karriere, doch seinen endgültigen Durchbruch erzielte er mit der von Jean Van Hamme entwickelten Serie *Lady S*. Der Agententhriller um die geheimnisvolle Shania Rivkas alias Suzan McKenzie gehört zu den erfolgreichsten frankobelgischen Serien der letzten fünfzehn Jahre. *Bruno Brazil* ist damit Aymonds zweiter Ausflug in die kalte Welt der Spionage.

Während der Arbeit an den neuen Abenteuern von *Bruno Brazil* erfuhren wir von William Vances Tod. Sein riesiges Talent wird nie vergessen werden und es leitet uns weiterhin bei diesem Projekt. Wir widmen ihm natürlich dieses Album und grüßen herzlich seine Familie.

PHILIPPE AYMOND und LF BOLLÉE

All Verlag · Wipperfürth
1. Auflage · 12/2019
Bruno Brazil – Die neuen Abenteuer - Band 1 · Black Program Teil 1
2019 © All Verlag für die deutschsprachige Ausgabe
Herausgeber · Ansgar Lüttgenau

Titel der französischen Originalausgabe · Les Nouvelles Aventures de Bruno Brazil - Tome 1 · Black Program
© ÉDITIONS DU LOMBARD (DARGAUD-LOMBARD S.A.) 2019 by Aymond, Bollée
www.lelombard.com
All rights reserved

Übersetzung aus dem Französischen · Saskia Funke
Lektorat · Uwe Peter
Grafische Gestaltung · LetterFactory, Michael Beck

Gedruckt in der EU.
Alle deutschen Rechte vorbehalten. Nachdruck auch auszugsweise verboten.
Kein Teil dieses Werkes darf ohne schriftliche Genehmigung des Verlages in irgendeiner Form reproduziert oder unter Verwendung elektronischer Systeme verarbeitet, vervielfältigt oder verbreitet werden.
ISBN 978-3-946522-70-6

Die Deutsche Nationalbibliothek verzeichnet diese Publikation in der Deutschen Nationalbibliografie; detaillierte bibliografische Daten sind im Internet über http://dnb.dnb.de abrufbar.

Dieser Band erscheint auch in einer auf 111 Exemplare limitierten und mit einem Schutzumschlag und einem signierten Exlibris versehenen Vorzugsausgabe.
ISBN 978-3-946522-71-3

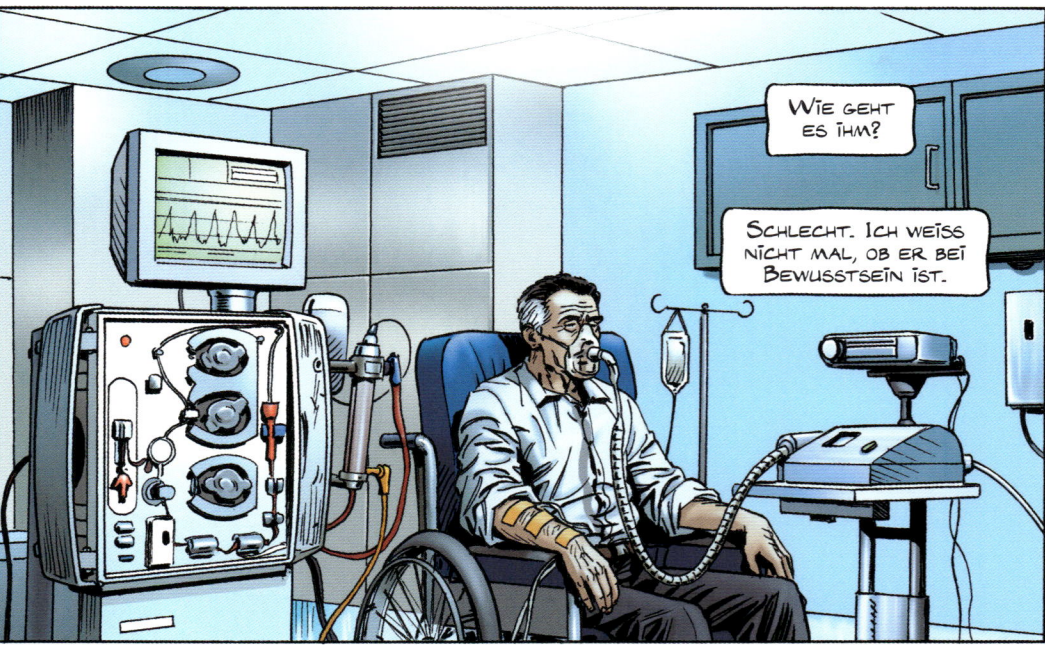

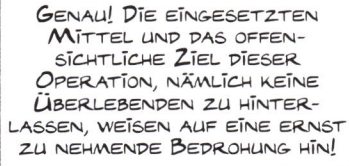

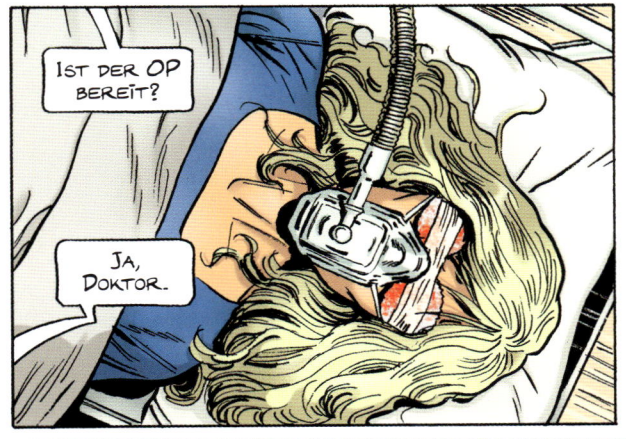

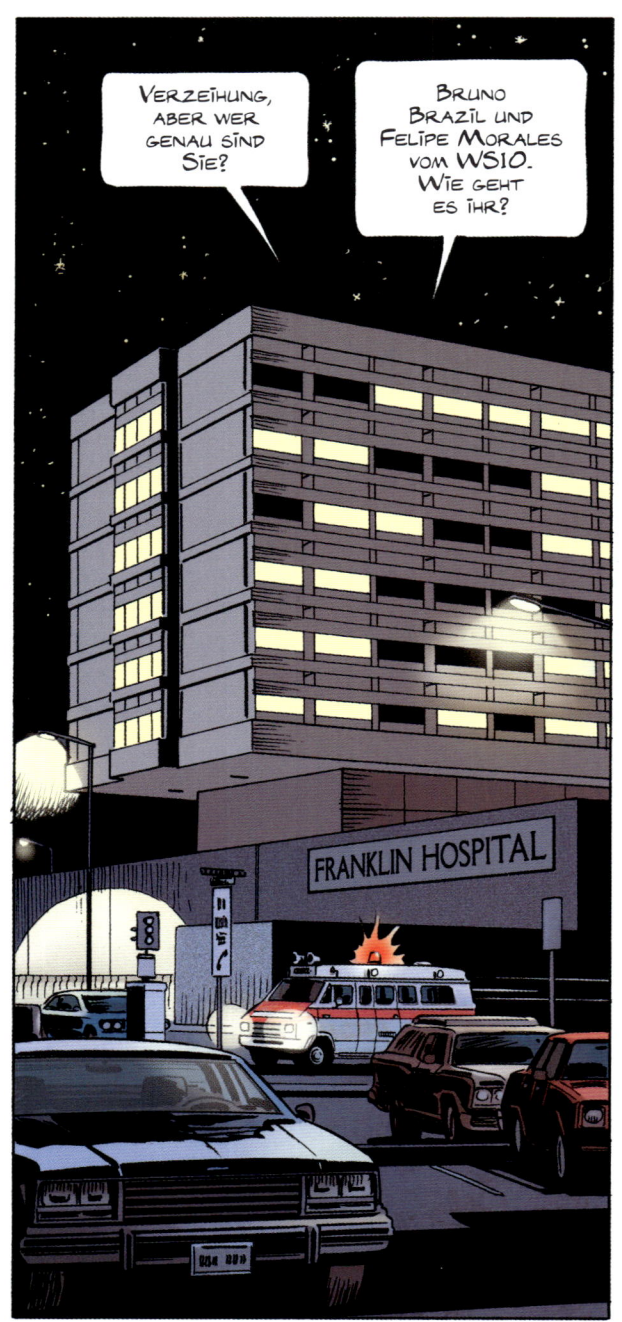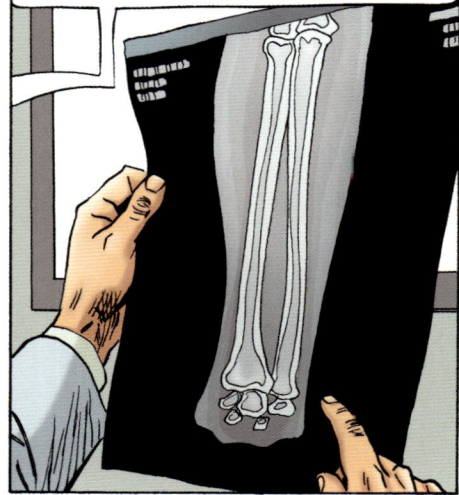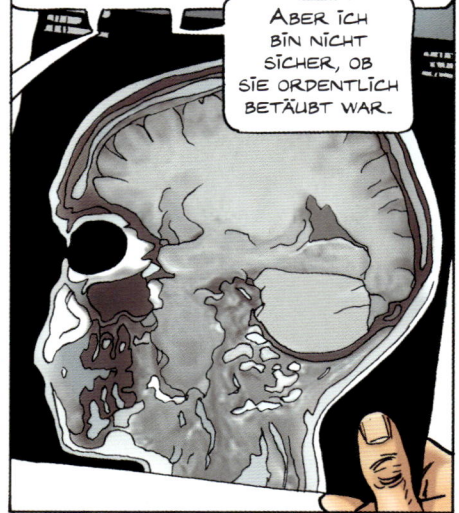

* Siehe »Bruno Brazil« Band 9

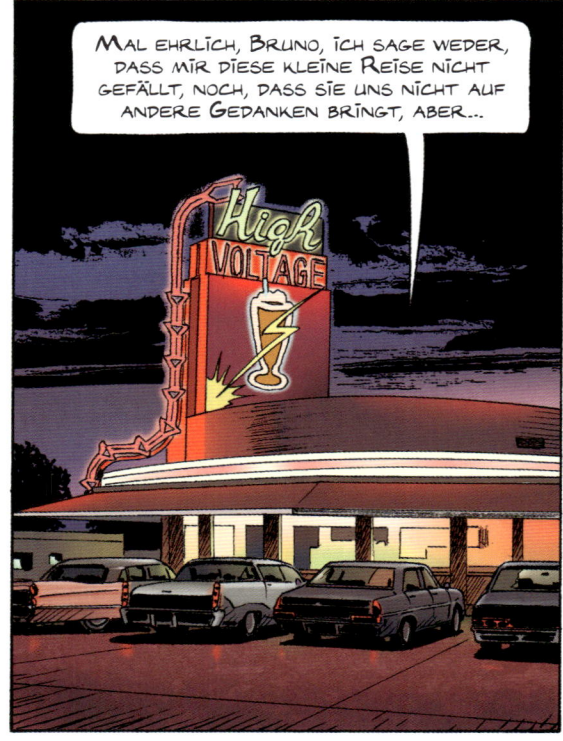

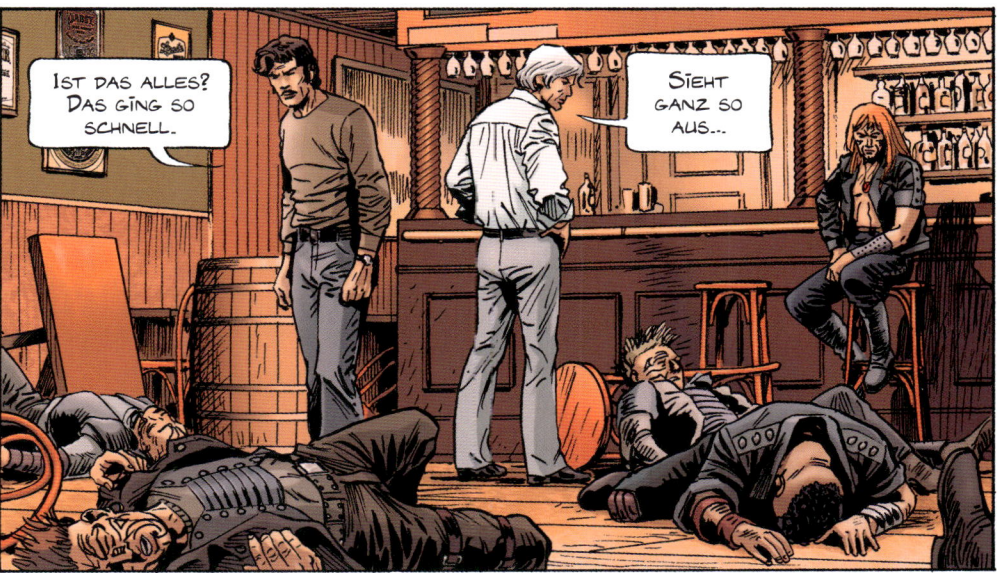

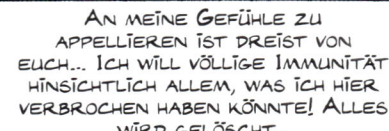

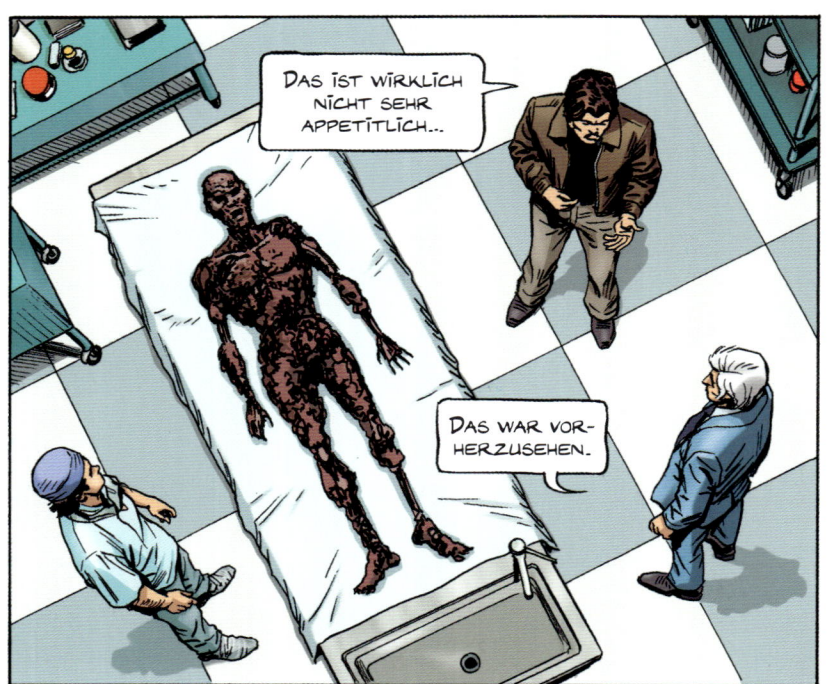

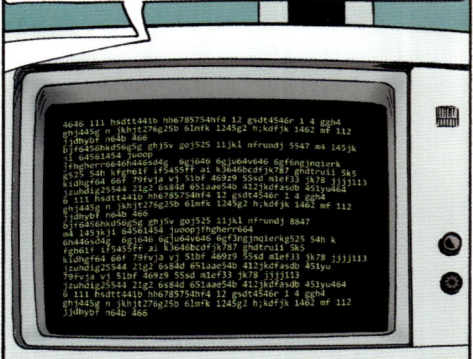

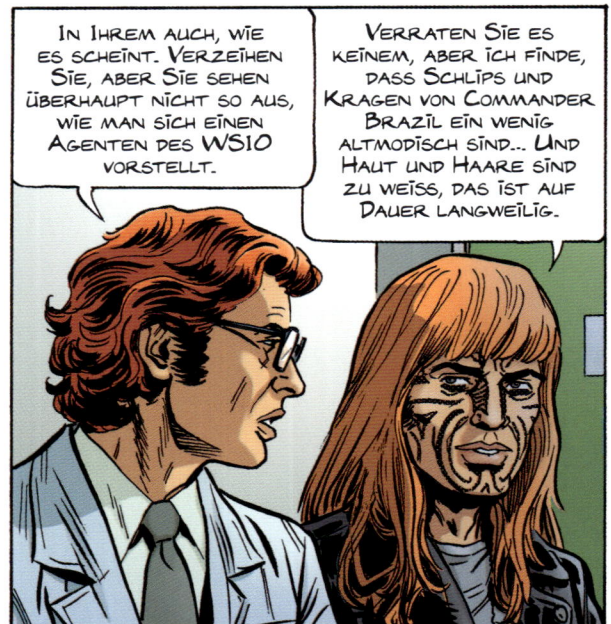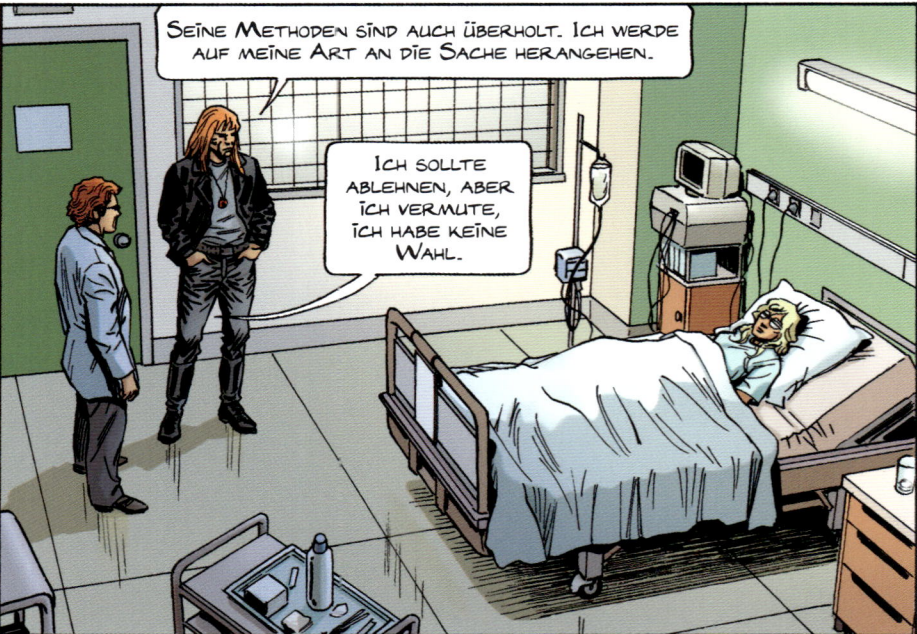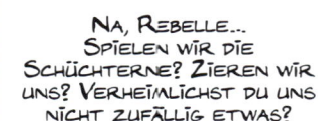